赤道半径	公转周期	卫 星	特 性
水星	2440km	88天	0	最大温差：从零下170摄氏度到430摄氏度
金星	6051km	225天	0	最热可以达到约500摄氏度
地球	6378km	365天	1	拥有富含氧气的大气层和大量的水：生命的理想居所
火星	3397km	687天	2	拥有太阳系的最高峰：27000米
木星	71493km	11.9年	67	是其他7颗行星质量总和的2.5倍
土星	60267km	29.5年	62	拥有非常宽大和美丽的行星环系统
天王星	25559km	84.0年	27	自转轴极度倾斜，就像围着太阳在"滚动"
海王星	24764km	164.8年	14	拥有最强烈的风暴，每小时风速超过2000千米

行星是在一个轨道上围绕太阳旋转的较大天体。因此，
行星以前也被称为"行走的星星"。现在已知有八颗行星，
但是人们推测，在我们的太阳系中还有更多的行星。

冥王星

土星　天王星　海王星

行星队伍

[奥地利] 托马斯·赫拉巴尔　文

[奥地利] 阿格内斯·奥夫纳　图

高湔梅　译　　罗亚玲　审校

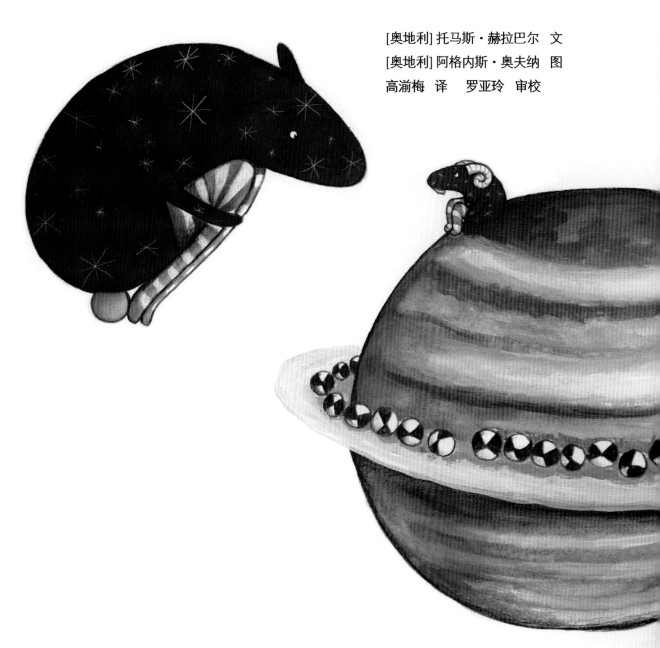

上海教育出版社

SHANGHAI EDUCATIONAL
PUBLISHING HOUSE

行星队伍
XINGXING DUIWU

Text by Thomas Hrabal

Illustration by Agnes Ofner

Originally published under the title:

Team Wandelstern

© 2016 Tyrolia-Verlag, Innsbruck-Vienna

Chinese simplified translation copyright © 2017 by Shanghai Educational Publishing House

ALL RIGHTS RESERVED

上海市版权局著作权合同登记号 图字09-2016-597号

图书在版编目(CIP)数据

行星队伍 /（奥）托马斯·赫拉巴尔文；（奥）阿格内斯·奥夫纳图；

高湔梅译.—上海：上海教育出版社，2017.10

（星星草绘本之自然世界绘本）

ISBN 978-7-5444-7744-4

Ⅰ.①行… Ⅱ.①托…②阿…③高… Ⅲ.①儿童故事-图画故事-奥地利–现代 Ⅳ.①I521.85

中国版本图书馆CIP数据核字(2017)第241941号

作　　者	[奥地利]托马斯·赫拉巴尔/文
	[奥地利]阿格内斯·奥夫纳/图
译　　者	高湔梅
审　　校	罗亚玲
策　　划	自然世界绘本编辑委员会
责任编辑	钦一敏　王爱军
美术编辑	赖玟伊

自然世界绘本

行星队伍

出版发行	上海教育出版社有限公司
官　　网	www.seph.com.cn
地　　址	上海市永福路123号
邮　　编	200031
印　　刷	上海中华印刷有限公司
开　　本	889×1194 1/16 印张 2.25
版　　次	2017年10月第1版
印　　次	2017年10月第1次印刷
书　　号	ISBN 978-7-5444-7744-4/ G · 6383
定　　价	28.80元

"他们怎么还不来啊？"妈妈金星叹了口气问，"孩子们不是说好要准时参加锦标赛的吗？"

"亲爱的，别担心，"爸爸木星安慰她，"他们在太阳系里已经熟门熟路了。再说，他们总是乖乖地呆在自己的公转轨道上。"

"你说的没错！可是，我们老是听到'黑洞'和'太阳耀斑'之类的可怕故事！"

太阳内部可以达到1500万摄氏度的高温。太阳表面会不时地向宇宙空间喷射像火焰一样的"飘带"。这一现象被称为"太阳耀斑"。

黑洞并不是真正的洞，而是巨大的星体爆炸后的残留物质。它们紧密地凝聚成一个点，从而产生强大的引力，强到甚至可以"吞掉"光线。

不一会儿，水星、地球还有火星风风火火地赶到了——他们的路都不算太远。

但地球看上去有点筋疲力尽的样子。生活在地球上的人类真是一种奇怪的生物，他们有很多新点子，多到让人难以置信，而大多数点子都很折腾。

为了探索火星，人类已经向火星发射了许多空间探测器。探测车也已经在火星表面着陆。甚至人类自己有一天也将登上火星——20 年以后也许就能做到。

"快说说，有什么新鲜事儿？"火星充满期待地望着自己的姐姐。地球知道，他又想听关于飞机、火箭之类的故事了。是啊，听说很快就会有载人航天器飞到火星去了。不过现在，她想先歇一会儿。

根据距离太阳远近的不同，八大行星形成了两组：水星、金星、地球和火星离太阳比较近，属于"类地行星"。木星、土星、天王星和海王星相比之下体型较大，而且没有固态表层。它们大部分是由气体组成的，因此也被称为"气态巨行星"。

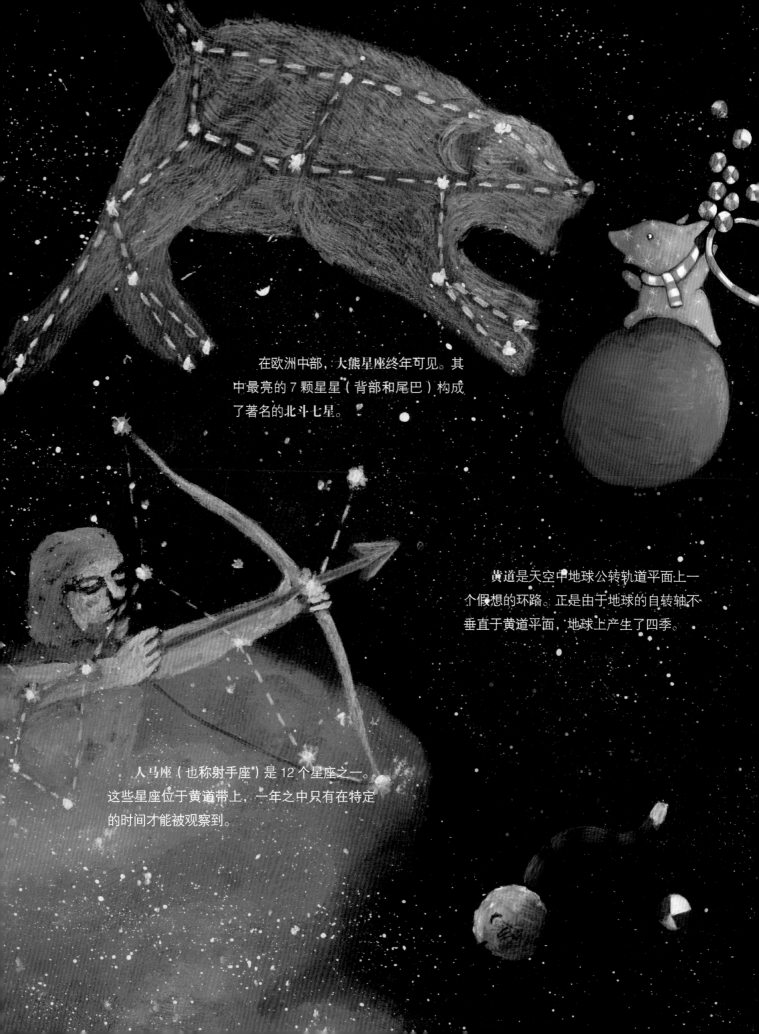

在欧洲中部，大熊星座终年可见。其
中最亮的 7 颗星星（背部和尾巴）构成
了著名的北斗七星。

黄道是天空中地球公转轨道平面上一
个假想的环路。正是由于地球的自转轴不
垂直于黄道平面，地球上产生了四季。

人马座（也称射手座）是 12 个星座之一。
这些星座位于黄道带上，一年之中只有在特定
的时间才能被观察到。

"**我**们的大个头们呢？"水星问。

"他们的路真的很远，而且路上危险重重。不过，他们随时都可能赶到。"妈妈金星认为。

三个气态巨行星东倒西歪地好不容易赶到了，现在终于可以开饭了。

星星意粉

银河糊糊配

流星水果羹

这真是一顿名副其实的盛宴，大伙儿有说不完的话。天王星已经被环绕着他的探测器搞得晕头转向了。水星则刚刚躲过一场巨大的太阳风暴。

"快别说你们的流星雨故事了，"土星打断了正滔滔不绝的兄弟姐妹们，"咱们不是说好要再训练一会儿吗？""咱们无论如何应该再复习一遍天体物理的策略，"家庭教练木星说，"现在光靠体积和速度赢不了比赛了。"

彗星冰激凌

星系际虫洞烧酒

训练过后，大家只有短暂的休息时间，因为按照传统，太阳系锦标赛将伴随着第一缕阳光准时开始。

体育场内座无虚席，欢声雷动，气氛热烈极了。木星尽管已经参加过许多次这样的比赛，但还是起了一身鸡皮疙瘩。

可是，
还有一个人没来，
这有点影响大家愉快的心情。
"你们又把冥王星一个人落下了？"
木星担忧地问三个大个头。
"可是爸爸，你知道，他就是这样的。"
天王星为自己辩解，"他有自己的黄道，跟我们
的规矩不一样！"

　　第一个比赛项目"短道公转"马上开始了。水星、地球、火星、海王星和几颗小行星、几颗彗星一起站到起跑线上。他们彼此对视，相互鼓励，目光炯炯有神。这一次，谁会赢得比赛呢？

发令枪响了，所有选手都冲了出去。很快，两颗小行星占据了领先位置。但是，半程之后，水星一点一点地追赶上来，现在已经不相上下了。

整个体育场安静极了。水星拼尽全力，超过了对手，最后以百分之一个天文单位的优势，第一个冲过了终点。

天文单位是天文学上的长度单位，相当于从地球到太阳的平均距离，大约为 1500 亿米。如果有一条这么长的高速公路的话，汽车需要开至少 130 年。

所有行星都围绕着太阳运转，但是速度不一样。距离太阳越近，行星的公转速度就越快。

水星还沉醉在胜利的喜悦中，他的兄弟土星和天王星已经在为下一项比赛"卫星杂耍"热身了。

卫星是围绕着行星运转的天体。目前已知太阳系中共有 173 颗卫星。单单木星就有 67 颗卫星，地球有 1 颗卫星，而水星和金星没有卫星。

很快，体育场里就有数不清的卫星在旋转，观众们的眼睛都看花了。
"这么多的卫星，怎么能同时兼顾呢？"水星觉得不可思议，小声嘀咕着。
可是对土星来说，这似乎是小菜一碟。比赛进行到最后关头，土星带着
必胜的微笑向天王星望去。

糟糕！土星一下子失手了。他变得紧张起来，紧接着又连续失误了
几次，62颗卫星里的38颗都掉进了宇宙空间。——现在，轮到天王星笑了，
他和他的27颗卫星赢得了比赛！

冥王星于 1930 年被发现，直到 2006 年，它一直被当作太阳系的第九颗行星，也是最小的一颗行星。后来，人们不断发现更多类似于冥王星的天体，就决定将它们统一命名为"矮行星"。冥王星因此不再被认为是太阳系的行星。

不过，土星还有一次夺冠的机会，因为在"快速自转"项目中，他也算得上是种子选手。

突然，妈妈金星大声欢呼起来："冥王星！你来了！""嗨，妈妈！"冥王星匆匆拥抱了自己的养母，马上赶去了比赛场地。

土星向冥王星致以兄弟的问候，但同时下定决心，要为自己赢得这场比赛。冥王星根本就不是自己的对手。

土星疯了似地旋转着，差点丢掉了自己的一个环。他甚至差点打破爸爸木星保持的纪录。

他骄傲地向妈妈金星望去。可是妈妈金星的眼里只有她最喜欢的孩子，她刚才还在担心冥王星是不是迷路了。

"这个小矮子！"土星小声嘀咕道，试着要挤到冥王星的前面。这下他失去了平衡，身体晃动起来，不得不减慢了自转速度。

哨音吹响，比赛结束了。

"这个小矮子！"土星又生气又自责，因为自己的失误，这场比赛他没能获胜。

人们将星球绕着自身轴线旋转称为自转。所有的行星都在自转，他们自转的速度各不相同。

冥王星就好像什么也没有听见似的，骑在好朋友阋神星的肩膀上，绕场一周，参观体育场。这时，赛场上敲响了嘹亮的钟声：中场休息时间到了。

阋神星比太阳系中最大的矮行星——冥王星的体积稍小一点，但质量略大一些。他们都住在太阳系边缘的柯伊伯带上。

每位运动健将都得到了一份银河超级能量套餐。在最近几届锦标赛上，选手们已被禁止自带食品、饮料入场——以前曾经出现过反物质毒品丑闻。

用餐之后，爸爸木星费了好大的力气才让垂头丧气的土星重新振作起来。第三项比赛马上开始了，"这可是你最擅长的项目！"他提醒儿子。

反物质是人们既无法看见也很难真正理解的东西。但是科学家们相信：对每个粒子来说，都存在一个镜像的反粒子。

尽管土星在"呼啦圈"项目上很拿手，但他已经丧失了赢得比赛的信心。他心不在焉地转动着自己的行星环……直到发现弟弟海王星已经力不从心时，他才重新燃起了斗志。"也许我还有一次机会？"他想。于是，土星全神贯注，竭尽全力——终于得胜啦！

行星环由大小不同的石块和冰渣构成，环绕着四颗气态巨行星旋转。土星的行星环拥有超过 10 万种不同的颜色，格外美丽。

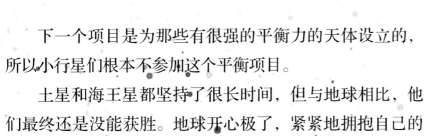

　　下一个项目是为那些有很强的平衡力的天体设立的，所以小行星们根本不参加这个平衡项目。

　　土星和海王星都坚持了很长时间，但与地球相比，他们最终还是没能获胜。地球开心极了，紧紧地拥抱自己的卫星——月球。

　　和其他行星相比，地球是一颗平衡稳定的行星。这归功于地球相对较大的卫星——月球以及月球的吸引力。

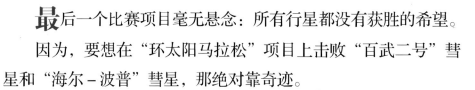

最后一个比赛项目毫无悬念：所有行星都没有获胜的希望。

因为，要想在"环太阳马拉松"项目上击败"百武二号"彗星和"海尔－波普"彗星，那绝对靠奇迹。

不过，妈妈金星还是很在意，她冲海王星意味深长地挤了挤眼。

果不其然，起跑后不一会儿，两颗彗星就闪着大尾巴向其他选手展示自己的实力。他们打破了纪录，轻松地拿下了前两名。

海王星以第四名的成绩冲过终点，他咧开嘴笑了。妈妈金星坐不住了，她站起来朝目瞪口呆的爸爸木星大声欢呼。

和行星相比，彗星的公转轨道是长长的延伸开去的椭圆形。大多数彗星都居住在太阳系边缘的柯伊伯带上，甚至在更远的奥尔特云中。因为距离遥远，它们通常需要几百年的时间才能绕太阳一周。

"全能冠军!
海王星是全能冠军!"

随之而来的,是隆重而长久的欢庆!

托马斯·赫拉巴尔（Thomas Hrabal）

建筑学博士，建筑项目的规划和实施者，专业领域的演讲者，科普作家，对天文学充满激情。

阿格内斯·奥夫纳（Agnes Ofner）

曾攻读芬兰语言文学及荷兰语言文学学位，通过职业培训成为平面设计师。现为自由设计师、插画家、空中特技教师。